하필이면 사랑이 왜
거기에 있었을까?

하필이면
사랑이 왜
거기에
있었을까?

위 수

셸터

네가 거기에 있어 사랑한 게 아냐

사랑할 수 밖에 없던

네가 거기 있던 거야

_「하필이면 사랑이 왜 거기에 있었을까?」
중에서

차
례

제 1 장

하필이면 사랑이 왜 거기에 있었을까?

제 2 장

Cobalt Blue 스물넷, 스물아홉.

제 3 장

편지

일러두기

이 책은 싱어송라이터 위수의 노래 가사와 글로 구성되어 있습니다.
시처럼 아름다운 가사를 노래하는 김위수 작가의 글을
노래와 함께 읽어보세요.
가사 우측 아래에 있는 QR코드를 스캔하면
유튜브 플레이리스트로 이동합니다.

제 1 장

—

하필이면 사랑이 왜
거기에 있었을까?

;

프롤로그

텅 비어버린 마음이 미친 듯이 외롭고, 두렵고, 괴로웠다.

누구도 다가오지 않았으면 싶다가도,

누구라도 좋으니 내 손을 힘껏 잡아주었으면 하는 나날

이었다.

어떤 빛들 속에 피필 아영 눈, 다세 메메다.

사랑의 형태는 다양했다.

한없이 내주어도 부족하다고 느끼는 사랑과

한없이 넘치도록 받기만 하는 사랑,

너무나 가벼워서 바람이라도 부는 날이면 금세 날아가 버릴 것 같은 사랑과
너무 깊고 무거워서 자리에 터를 잡고 영원히 있을 것만 같은 사랑,

죽어도 사랑이라 인정하고 싶지 않은 사랑과
모두가 틀렸다고 할 때에도 내 마음이 부디 맞았기를 바라는 사랑,

마음에 이리저리 생채기가 나는 괴로움에도 미친 듯이 끌려가기만 하는 사랑과
너무나 증오하면서 사실 그 뒷면에는 애틋함이 가득 칠해져있는 사랑.

내가 살아온 날들 속에서 그렇게 몸과 마음이 너덜너덜해질 때까지 사랑이란 것을 겪었다.
그런데도 사랑이 하고 싶다. 우습게도.

사랑, 사랑, 사랑.

하필이면 사랑이 왜 거기 있었나요?

그런 사랑이어도 사랑인가요?

이런 사랑이어도 사랑일까요?

그 흔한 인사와 배웅도 하지 않으려고요.

그렇게 인사가 없어 시작과 끝이 없을 사랑을 나는 여

전히 하고 있어요.

괴롭지만 나를 살게 하는 그런 것.

그럼에도 영원히 밉두게 않을 티끌 그런 마음.

이건 소설일까요, 누군가의 회고록일까요?

부디 이 글자와 음절들 속에서 당신의 사랑을 따라가보

기를.

2022년 12월

한 해의 마지막 달에, 위수 씀.

:

하필이면 사랑이 왜 거기에 있었을까?

너랑 만난 이후로

내 세상은 빙글빙글 돌아

꿈 속의 회전목마에

내 마음을 태워 최면을 걸 거야

하필이면 나는 왜 그 날 너와 만나게 됐을까?

하필이면 너와 걷던 길 날씨가 왜 좋았을까?

하필이면 그 때 왜 너의 손을 잡고 싶었을까?

하필이면 사랑이 왜 거기에 있었을까?

우리 설명되지 않는 게 너무나 많지만

네가 거기에 있어 사랑한 게 아냐

사랑할 수 밖에 없던 네가 거기 있던 거야

이 도시가 무너진다면

우리의 사랑을 질투해서일 거야

이 지구 반대편에서도

우리 둘만은 선명히 빛날 거야

하필이면 너는 왜 술에 취해 나를 찾았을까?

하필이면 너는 왜 그 새벽에 나를 보러 달려왔을까?

하필이면 우린 왜 그날 서롤 보며 울었을까?

하필이면 사랑이 왜 거기에 있었을까?

우리 설명되지 않는 게 너무나 많지만

네가 거기에 있어 사랑한 게 아냐

사랑할 수 밖에 없던 네가 거기 있던 거야

이 도시가 무너진다면

우리의 사랑을 질투해서일 거야

이 지구 반대편에서도

우리 둘만은 선명히 빛날 거야

이 도시가 무너진다면

우리의 사랑을 질투해서일 거야

이 지구 반대편에서도

우리 둘만은 선명히 빛날 거야

우연이 우릴 돕는 건

딱 한번 뿐이었을 걸

나머진 다 우리가 선택한 거야

너와 내가 사랑에 빠진 거야

;

하필이면 사랑이 왜 거기에 있었을까?

1.

나의 사랑은 늘 예상치 못한 곳에서 발견되었다.

사랑이 하고 싶어 미친 듯이 외로운 날들에는 코빼기도

비치지 않다가 사랑에 무관심해질 때쯤 예고 없이 찾아

왔다.

그래서 나는 사랑에 빠지면

'하필이면 나는 왜 그날 너와 만나게 됐을까?'

'하필이면 너와 걷던 길 날씨가 왜 좋았을까?'

와 같은 착각으로 사랑을 우연인 듯 치장했다.

모든 게 다 우연 같았지만

사실은 사랑에 빠질 수밖에 없는 나와 당신이 모든 걸

선택한 것이다.

그날이 아닌 그 언젠가 다른 날에 만났어도,

그날 날씨가 좋지 않았어도,

그날 만난 카페가 아니었어도,

나는 너와 사랑에 빠졌을 것이다.

'하필이면 왜?'가 아닌 사랑할 수밖에 없던 네가 거기에

있던 것이다.

우연이 우릴 돕는 건 딱 한 번 뿐이었다. 나머진 다 우

리가 선택한 것이다.

그렇게 나는 너와 사랑에 빠졌다.

2.

너와 나로 나누어졌던 수많은 것들이
'우리'라는 것으로 하나가 되어갈 때 나는 속절없이 너
에게로 흘러갔다

우리가 만난 건 수많은 확률 중 1이라는 거대한 숫자
맞아
우린 아마 엄청난 사랑을 하게 될 거야
먼 미래에 나너와시 우리의 노납블 모고 믄나노
나는 너를 사랑할 거야

해진 옷을 입고서
창문으로 들어오는 샛바람에 눈을 떴을 때
나의 눈앞에 네가 있는 매일같은

우린 인연의 거대한 확률을 뚫고

1이라는 숫자에 몸을 실어

영영 서로를 안을 거야

그럴 거야

영영 너를 안을 거야

:

컴퍼스

난 어쩌면 이런 감정을

즐기는 걸지도 모르겠어

널 애타게 사랑한다고 깨달을 때 쯤

두려워 도망치고 싶어질지도 모르겠어

그냥 내 손을 잡아쉬

알아줘 내 마음 변치 않을 거란 걸

그냥 의심치 말아줘

너만 날 믿어준다면 내 마음 변하지 않아

손 끝만 닿아도 날아가는

저 나비처럼 도망가지 않아 난

난 어쩌면 이런 감정을

즐기는 걸지도 모르겠어

네가 날 사랑한다고 깨달을 때 쯤

두려워 도망치고 싶어질지도 모르겠어

그냥 내 손을 잡아줘

알아줘 내 마음 변치 않을 거란 걸

그냥 의심치 말아줘

너만 날 믿어준다면 내 마음 변하지 않아

바람만 불어도 떨어지는

마른 잎사귀처럼 쉽게 부서지지 않아

마주 잡은 우리 둘 손 사이에

사랑이란 걸 소중히 담고서

함께 걸어줘 두렵지 않도록

나는 그냥 그거면 돼

마주 잡은 우리 둘 손 사이에

사랑이란 걸 소중히 담고서

함께 걸어줘 두렵지 않도록

나는 그냥 그거면 돼

;

컴퍼스

사랑하는 일이 지쳐갈 때쯤, 안정감을 느끼게 해주는
사람이 나타났다. 한없이 자상하고 따뜻했다. '사랑이란
걸 이제 잠시 인생에서 지워버릴래.'라고 생각할 때쯤
나타난 사람이었다. 그 사람의 온도는 너무 차갑지도,
너무 뜨겁지도 않았다. 나를 포근하게 감싸 안아줄 딱
그 정도의 온도로 나를 대했다. 그 사람은 근래 냉탕과
온탕 사이를 오가던 나의 마음에 안식처가 되어주었다.
그렇게 그 사람 덕분에 하루하루가 안정되어갔다. 취향
이 같은 우리는 금세 가까운 사이가 되었다. 매일매일
연락을 주고 받을 때쯤 갑자기 머릿속에 무언가 내리꽂
혔다.

'아. 또 사랑인가.'

이제 나는 제대로 된 사랑을 보는 눈을 상실한 걸지도 모른다. 어쩌면 나는 누군갈 사랑하는 감정 자체를 즐기는 것 아닐까? 또 상처를 받게 될까 봐 두렵다. 너무 사랑하게 되면 어떡하지. 사랑이라는 감정 안에서 허우적거리면 어떡하지. 못 헤어 나올 때쯤 사랑이 아니라는 걸 알게 되면 어떡하지.

그런 생각으로 속 시끄러울 때쯤 '내가 원래 이렇게 겁이 많았나.'라는 생각이 들었다. 내 마음을 마주한 채로 며칠을 보냈나.

'좋아해.'

술에 잔뜩 취해 좋아한다고 말했다. 술에 취해 말하려던 건 아니었는데. 무언가를 바라고 말한 것은 아니었다. 그냥 좋아한다고 말하고 싶었다. 얼마 만이었는지 모르겠다. 누군가한테 대뜸 '좋아해'라고 말해본 일이.

한 살씩 먹을수록 솔직해지지 못하는 탓에 더 그런 것 같기도 하고.

마음의 온도를 끓는 점 아래로 유지하려고 애썼다. 그러나 들끓는 것을 주체하지 못했다. 결국 끓는 점을 넘겨 입 밖으로 좋아한다는 말을 내뱉어버리니 이상하게 그 사람이 더 좋아졌다. 내 마음이 '진짜'가 된 기분이었다. 내 마음의 생김새가 더 확실해졌다. 그전까지는 어떤 모양인지, 어떤 색인지, 어떤 크기인지, 어떤 향인지 알 수 없던 것을 입 밖으로 태어나게 하니 명확히 보였다. 고백이란 건 말로 형용할 수 없는 것을 더더욱 확실하게 만든다.

마음을 내뱉으니 그 사람은 한결같은 것 같으면서도 더욱 자상히 나와 매일을 나눠주었다. 그 사람과 내가 서로 같은 거리를 유지하며 하루하루를 보내는 일이 컴퍼스로 정갈한 원을 그려내는 것 같았다. 이상적이었다.

밀고 당기고 재는 것 없이 한결같은 거리였다.

그 사람은 내가 사랑을 할 때 원래 어떤 사람이었는지 깨닫게 해주었다. 그 사람과의 매일은 '너는 너의 마음만 믿어주었다면, 변하지 않는 사람이었다'라고 말해주는 것 같았다.

있잖아, 내 마음은
손끝만 닿아도 날아가는 나비처럼 도망가지 않아.
바람만 불어도 떨어져버리는 미른 잎사귀처럼 쉽게 저서지지 않아.

당신과 마주 잡은 손안에 그런 무모한 다짐을 가득 담아두고서 그렇게 하염없이 걸었다.

:

윈 (Wish)

우린 좀 더 서롤 사랑해야 해

나랑 손 꼭 잡고 가자

닿지 않을 것 같은 저곳으로

나랑 손 꼭 잡고 가자

난 겁이 날 게 없어

너와 함께라면 이 순간이 멈춰버린대도

난 두려울 게 없어

너와 함께라면

세상은 여전히 내게 거짓 투성이지만

난 너를 믿고 싶어

우리만의 원을 그리며 가자

천천히 급하지 않게

내가 말했잖아 어떤 모양이든

너를 사랑할 거라고

난 겁이 날 게 없어

너와 함께라면 이 순간이 다시 오지 않는대도

난 두려울 게 없어

너와 함께라면

세상은 여전히 내게 거짓 투성이지만

난 너를 믿을 거야

;

원

나는 너를 위해,

너의 행복과 평안을 위해 기도할 것이다.

구름이 예쁘게 자리 잡은 하늘을 올려다보며

달리는 버스 안에서 창밖을 보며

유유히 날아가는 새들을 보며

건너편 신호등의 깜빡임을 보며

어린아이가 엄마의 손을 잡고 들떠있는 모습을 바라보며

그렇게 불현듯 한 번씩 네가 내 머릿속에 찾아와준다면

그때마다 나는 너의 행복을 빌어줄 것이다.

거짓투성이인 이 세상에서 여전히 나는 너를 믿을 거라는

노랫말 같은 마음으로 살아갈 테니

너무 애쓰지 말고 천천히 너만의 원을 그려내며

부디 잘 지내기를.

좋아해줘

너는 늘 나를 등지고 누워

이런 저런 얘기를 했지

나와 눈을 맞춰

사랑하게 될까봐 두려운건가봐

맞아 좋아한다는 네 마음을

입 밖으로 내뱉으면

진짜가 되어버릴 거야

아주 커다란 세계가

우리에게로 쏟아질 거야

멈출 수 없을 거야

좋아해줘

언제나 그렇게 나에게만 반짝이는 눈동자로

겁날 것 없어

서로를 얘기하다 두 손 꼭 잡고 걷자 이렇게

이렇게

너는 항상 너의 마음을 피해

지나간 사랑을 얘기했지

네 마음이 한달음에 내게로 달려갈까봐

누서운가봐

그래 좋아한다는 내 마음을

입 밖으로 내뱉으면

걷잡을 수 없이 커질 거야

아주 커다란 세계가

우리에게로 쏟아질 거야

멈출 수 없을 거야

좋아해줘

언제나 그렇게 나에게만 반짝이는 눈동자로

겁날 것 없어

영원을 얘기하다 꼭 껴안고 자자 이렇게

좋아해 널

우리 뒤돌아보지말자 마치 서로를 만나기 위해

억겁의 시간을 지나쳐 온 것 처럼

한 페이지 마다 빼곡히 채우자 우리 얘기로

;

좋아해줘

너는 사랑을 두려워했나.

다시는 사랑하지 않으리라는 너의 견고한 다짐을 나는
무너뜨리고 싶었다.
우린 많은 밤과 새벽동안 수없이 많은 술잔을 기울이고
비워냈나.
사실 내가 너의 잔에 따른 건 술이 아닌 내 마음이었으
리라.

오고 가는 대화와 서서히 흐려지는 눈빛 속에서 너의
마음을 읽어내려 애썼다.

너의 지난 사랑 얘기를 들으며
나는 한 모금
또 한 모금 비워낸다.

우습지.
나를 사랑하지 않으려 애쓰는 너의 앞에서 나의 마음을
삼킨다.

그거 아니. 좋아한다는 말을 입밖으로 내뱉으면 그 마
음이 걷잡을 수 없이 커진다는 거.
그래 맞아. 네가 두려워하는 아주 커다란 세계가 우리
에게로 쏟아질 거야. 감당할 수 없을 거야.

그렇게 너에게로 미친듯이 달려드는 네 마음과 내 마음
을 실컷 피해보라며 나는 속으로 웃었다.

뭐, 그런 널 나는 여전히 좋아하겠지만.

투명

내 맘이 너무 투명해서

넌 날 가지고 놀기 너무 쉬웠을 거야

사실 지겨우리만치 널 좋아한다고

백번은 넘게 말해줄 수 있었지만

이젠 끼지 없어 거야

넌 아마 내가 계속 생각날 거야

널 보러 어디서건 달려갔던 내가

그리울 거야

외로움에 사무칠 거야

무엇 하나 뜻대로 안되는 인생에서

가장 쉬운 나를 잃었을 때 말야

잃었을 때 말야

우리에 대해 아무 말 마

이젠 아무 것도 볼 수 없을 거야

너의 세상에서 가장 투명한 나를 잃었으니까

넌 나를 통해 세상을 다시 봤으니까

넌 아마 내가 계속 기억날 거야

늘 네 옆자리에서 너만 바라보던 내가

떠오를 거야

괴로움에 사무칠 거야

무엇 하나 진짜라곤 없는 세상에서

가장 사실이었던 나를 잃었으니 말야

넌 아마 내가 계속 생각날 거야

넌 아마 내가 계속 기억날 거야

넌 아마 내가 계속 그리울 거야

넌 우릴 놓친 걸 후회할 거야

넌 아마 내가 계속 생각날 거야

널 보러 어디서건 달려갔던 내가

그리울 거야

외로움에 사무칠 거야

무엇 하나 뜻대로 안되는 인생에서

가장 쉬운 나를 잃었으니 말야

;

투명

네가 나의 사랑을 의심할 때마다

내 마음은 갈기갈기 찢겼다.

내 마음은 그저 너에게 투명했을 뿐인데.

그래 나는 그렇게 너의 옆에서라면

거짓 하나 없는 결백이고 싶었지.

투명하게, 속이 없어 안이 훤히 들여다보일 정도로.

그래서 네가 나를 관통하여 세상을 볼 수 있을 정도로

그렇게 너를 결백하게 사랑했다는 이야기.

이젠 한 줌의 미련도 없어 하품이 나올 정도로 지겨운

이야기.

:
우린 다음 해 너의 생일을
함께 보낼 수 있을까?

우린 다음 해 너의 생일을 함께
보낼 수 있을까?
그런 시덥잖은 상상을 해
많은 걸 바라는 건 아냐 그냥

우리 서로 마주보고 앉아
너의 앞에 켜진 촛불
그 뒤에 환히 빛나는 네게
생일 축하해
너의 생일을 축하해
노랠 불러주며
너와 함께 할 수 있다면 좋을텐데

;
우린 다음 해 너의 생일을
함께 보낼 수 있을까?

1.

생일이란 건 무엇일까?

가까운 사이라면 당연히 함께 보낼 수 있는 날.

기꺼이 축하해 줄 수 있고, 그 사람이 세상에 태어난 것

이 곧 내 인생의 축복이 되는 그런 날.

친구가 긴 연애를 하고 헤어졌다.

사실 완벽한 이별이라기보단 잠시 떨어져 있는 것에 가

까웠다. 4년이라는 시간 동안 그 사람과 매년 특별한 날

들을 같이 보냈을 것이다.

생일, 기념일, 크리스마스 같은… 그런 특별한 날들.

친구는 헤어진 연인의 연락을 기다리고 있다.
그리고 그 헤어진 연인도 종종 연락하겠다는 말을 남겼다.

"크리스마스에는 연락이 올까?"

"오지 않을까? 가장 연락하기 좋은 핑계잖아. '메리 크
리스마스!' 딱 일곱 글자만 대뜸 보내도 수상하지 않은
날이니까."

"그런가. 나는 내년이 더욱 기대돼."

"왜?"

"내년엔 내 생일도 있고, 원래였다면 우리의 기념일도
있고, 그 아이 생일도 있잖아. 당연히 함께 해왔고 연락
할 수 있던 날들이 휘몰아칠 텐데."

생각을 해봤다.

어쩌면 오랜 시간 동안 내가 지켜왔을 소중한 루틴이 와장창 깨질 수도 있는 두려운 날들 앞에 서 있는 것이었다. 나는 무너질까, 혹은 담담하게 보낼 수 있을까?

만약 기다림이 이별이 된다면, 가장 기뻐해야 할 날들마다 처절하게 헤어짐을 겪게 되는 것이다.

내가 무너질 날들을 앞에 두고 하루하루를 보내야 한다니, 상상만 해도 가슴이 미어졌다.

2.

"생일이 언제야?"

너는 물었다.

"나는 9월."

"그렇구나. 나는 생일 같은 거 특별하게 챙기는 거 좋아
해."

"일 년에 얼마 없는 특별한 날이잖아. 그래서 지인들 생
일들도 그냥 안 지나치고 꼭 챙겨주려고 하는 편이야."

"그렇구나. 좋다."

나는 잔잔히 웃으며 가만히 생각을 해봤다.

'너와 난 내년 너의 생일을 함께 보낼 수 있으려나?'

별것 아닌 것처럼 보낼 수 있는 날을 특별하게 만들어 주는 건 그날을 함께 보내주는 사람들이라는데.

내년에 너의 생일 케이크와 선물을 양손에 한가득 들고서 너를 보러가는 설레는 마음을 나는 가질 수 있을까? 케이크 위에 촛불을 꽂고서 불을 켠 뒤 환하게 웃는 너. 그런 너의 앞에 마주 앉아 기꺼이 행복한 마음으로 생일 축하 노래를 불러준다. 촛불을 불고 소원을 비는 너를 보며 '내년 너의 생일에도 함께 하자!'라는 말을 하는 내가 될 수 있을까.

그런 시답잖은 생각을 해본다.

나의 사랑은 늘 불안과 만났던 거야

늘 사랑이 그리워질 때쯤
당신을 생각했어요
당신이 떠나간 걸 알았던 날
내 마음은 이미 한번 죽었던 거야

그 때 나는 내가 나아지길 바란 식 없이
여기서 더 나빠지지 않기를 바랐을 뿐
그렇게 그렇게 지냈던 거야

난 사랑에 빠진 순간
그 누군가가 아닌
불안에게 영원을 바친 거야

난 사랑에 빠진 순간

늘 나의 사랑은

누군가가 아닌 불안과 만났던 거야

사랑이 돌아서는 순간 우습게도

나는 더이상 불안하지 않았지

다정히 내 옆에 있어준 날보다

나는 불안하지 않았지

이미 나를 떠난 그 누군가가 이제 더이상

나를 떠날 일은 영영 없으니 말야

당신이 그랬듯, 날 떠났듯이

난 사랑에 빠진 순간

그 누군가가 아닌

불안에게 영원을 바친 거야

난 사랑에 빠진 순간

늘 나의 사랑은

누군가가 아닌 불안과 만났던 거야

그 때 나는 내가 나아지길 바란 적 없어

여기서 더 나빠지지 않기를 바랐을 뿐

그렇게 그렇게 지냈던 거야

;

나의 사랑은 늘 불안과 만났던 거야

1.

어릴 적 나의 사랑은 늘 불안이 함께 했다.

눈앞에서 소중한 걸 잃어본 사람들은 안다.
언젠가 잃을 수도 있는 것들을 붙잡고서 영원을 기대하
는 잔인한 일, 나는 그것을 사랑이라 생각했다.

과분히 행복한 날 뒤에는 항상 커다란 불행이 기다리고
있다고 믿었다.

이젠 얼굴도 기억나지 않는 사람을 떠나보낸 일을
나는 몸에 문신을 새긴듯 영영 기억하는 것이다.

모든 것이 희미해져가는데 감정만 선명하게 남아서는
내가 누군가를 그만큼 사랑하게 될 때쯤 갑자기 욱신거
리는 것이다.

나를 사랑하는 사람이 다정히 내 곁에 있어준 날 보다
날 기어코 떠나간 날이 불안하지 않았다.
이제 더 이상 누군가가 나를 떠날 일은 없으니까
오히려 해방감이 들기도 했다.

그래서 나는 생각했다.
나의 사랑은 그 누군가를 사랑하게 된 것이 아닌
다시금 불안에게 속은 것이라고,
그렇게 생각했다.

2.

"우리 다음에 또 여기 오자."

나는 그 말을 무서워했다
우리에게 다음이란 것이 정말 존재할까?
그 말을 약속처럼 하고선 영영 너와 다시 이곳에 오지
못하면 난 평생 지켜내지 못한 약속을 지닌 슬픈 사람이
될 거야

어릴 적 나를 담은 캠코더 영상에
나란히 숙소 바닥에 엎드려있는 세 명의 가족
아빠는 아이에게 다음에 꼭 다시 오자는 약속을 하고
아이는 그 말을 영원처럼 믿으며 행복해한다

그러고는 다시 가지 못했다

응. 나는 그곳에 나를 기념했어

나의 행복과 불안이 공존하는 첫 장소로

그렇게 나의 쓸모없는 걱정과 겁을 삼키고

그렇게 커다래진 불안은 나를 또 삼키고

불안은 늘 나를 이긴다며 으스댈 거야

그렇게 불안과 함께 나이 들어가는 아이가 여기 있다.

:

어깨를 내어줘

너는 늘 기꺼이 내게 어깨를 내어줘
네가 너의 어깨를 툭툭 치면
나는 네 어깨 위로 고개를 뉘어
가만히 세상을 바라보지

눈이 많이 내렸다
우리 다음에도 같이 여기 오자
내일이 없을 것 처럼 사랑하다가
그 어느 내일에 여기 다시 오자
네 어깨에 기대어 생각했어

우리의 처음을 생각했어
우리의 같은 마음을

우리의 새벽을 생각했어

우리의 온기를

우리의 입맞춤을 생각했어

우리의 바다를

우리의 영원을 생각했어

너는 늘 기꺼이 내게 어깨를 내어줘

네가 너의 어깨를 툭툭 치면

나는 네 어깨 위로 고개를 뉘어

스르륵 생각에 잠들게

눈이 많이 내렸다

우리 다음에도 같이 여기 오자

내일이 없을 것 처럼 사랑하다가

그 어느 내일에 여기 다시 오자

네 어깨에 기대며 생각했어

우리의 처음을 생각했어

우리의 같은 마음을

우리의 새벽을 생각했어

우리의 온기를

우리의 입맞춤을 생각했어

우리의 바다를

우리의 영원을 생각했어

기꺼이 우리인 우리를

당연히 우리인 우리를

기꺼이 우리인 우리를

당연히 우리인 우리를

;
어깨를 내어줘

그날 우리에게 펼쳐진 세상은
새하얗게 눈이 덮인 세상

우리를 태운 열차가
눈이 덮인 바다 위를 내달린다

나는 네가 기꺼이 내어준 너의 어깨에 기대어
내게 주어진 앞을 가만히 바라본다
너무 과분히 행복한 순간에는
나의 머릿속에 수많은 생각들이 정리되지 않은 채로
섞인다

그래, 나는 너의 어깨에 기대어 생각했다

눈이 많이 내렸다
우리 다음에도 같이 여기 오자
내일이 없을 것처럼 사랑하다가
그 어느 내일에 여기 다시 오자

그러면서 또 감히 생각했다
우리의 처음을, 우리의 같은 마음을
우리의 바다를, 우리의 영원을

:

있을게

네 마음을 알아주는

유일한 내가 된다는 말은 어려워

하지만 널 사랑하는 날 위해

부디 너를 지켜줬음 해

삶의 작은 부분이

나를 붙잡고 놔주지 않을 때

나의 옆에서 간절히

나의 행복을 바랐던 나의 친구야

이 밤은 길고

우리는 저 앞으로 나아가고 있음을

잊지 않기로 해

늘 언제까지나 내가 너의 옆에 있을게

있을게

과거는 돌아갈 수 없고

미래는 한치 앞도 알 수가 없지만

너의 옆에서 간절히

너의 행복을 바라는 내가 될게

니가 걸어가는

길목 어딘가에서 쉬고 싶을 때

옆을 돌아본다면

언제나 그랬듯 내가 거기 항상 있을게

있을게

제1장 _ 하필이면 사랑이 왜 거기에 있었을까?

;

있을게

원정아, 막상 글로 적으려니까 어색하네!
우리가 보낸 친구였던 기간 중에 요즘이 제일 많이 붙어있는 것 같아. 그래서 난 좋아.
우리가 친구가 된지도 벌써 14년이네.

나 어릴 때 말야, 난 이곳으로 중학교 배 이사를 가잖아
여기서 유치원부터 혹은 초등학교부터 같이 나온 친구들이 중학교에 같이 올라와서도 잘 지내는 모습을 보면서 가끔 난 정말 오래된 친구가 없어서 참 아쉽다 생각했는데, 우스운 생각이었어. 이렇게 세월과 추억이 쌓여너라는 오래된 친구를 얻었는데 말야.
우리 아빠가 했던 말이 있지, '인생에서 진실한 친구 한명만 있어도 성공한 인생이다.'라고. 나는 그 말을 듣고

너를 떠올리며 나는 성공한 인생이고, 모자랄 게 없는 인생이라고 기뻐했단다. 나는 늘 부족하고 덤벙대지만 너는 늘 한결같은 마음으로 내 곁에 있어주더라. 늘 고마워.

앞으로 우리가 살아갈 눈부신 날들이 무지 많이 남아있다? 과거는 돌아갈 수 없고, 미래는 한 치 앞도 알 수 없지만 그래도 우리가 가는 길에 너의 옆에 내가, 내 옆에 네가 있다면 너무 감사하고 기쁠 것 같아.

그리고 네가 걸어나갈 길목 어딘가에서 잠시 쉬어가고 싶을 때 옆을 돌아본다면 거기 내가 있을게.
네가 아프지 않고 늘 행복하기를 바랄게.
살다가 너에게 피할 수 없는 슬픔이 찾아온다면 네가 감당할 수 있는 슬픔만이 찾아오기를. 그리고 그 옆엔 내가 있을 거니까 걱정하지 말기를!
내가 많이 사랑해 친구야. 늘 고마워!

온 맘 다해 사랑해. 사랑해. 사랑해!

2021년 4월

사랑을 가득 담아, 위수가

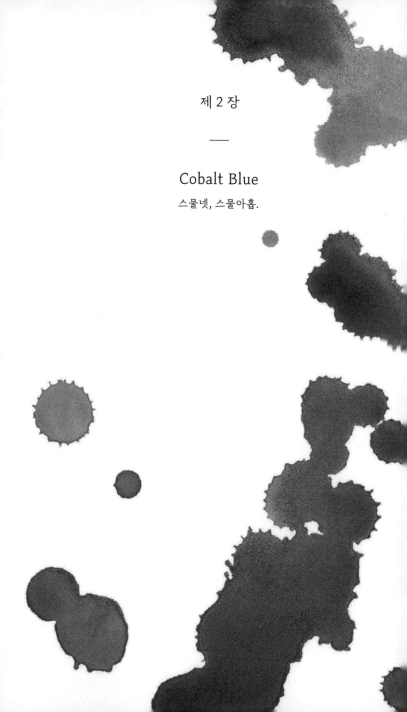

제 2 장

—

Cobalt Blue

스물넷, 스물아홉.

;

프롤로그

1.

아, 이 앨범의 이야기에 들어가기에 앞서서 하고 싶은 말이 있어요. 별 건 아니고요.

제 생애 첫 정규 앨범이었던 이 앨범의 이야기와 곡들은 스물넷의 김위수가 만들고 불렀습니다. 5년이 지난 지금 어쩐지, 제법 어른이 되었다고 믿었던 스물넷의 나를 돌아보니 너무 여리고 어렸습니다. 지금 보니 답답한 구석도 있고요.

'저기, 그렇게까지 생각하지 마. 별거 아니야!'라고 말해 주고 싶은 이야기도 얼마나 많다고요. 그런데 스물넷인

옛날이나 스물아홉인 지금이나 제가 싫어하는 말이 무엇인 줄 아세요?

'야, 너만 힘든 거 아니야. 세상 사람들 다 힘들어.'
'다들 그렇게 살아.'

맞아, 맞는 말이지. 세상 사람들이 다 힘들지. 그렇다고 힘든 게 아무것도 아닌 것이 될 수 있나? 세상 사람들이 다 힘드니 내가 힘든 건 당연한 것인가? 당연하다면 나는 이 감정들을 억누르고 지내야 하나? 내 삶을 내가 좀 애틋하고 각별하게 느끼면 안 되는 것일까? 그래도 이 땅에 태어난 이상 내가 나를 좀 소중히 여겨보면 안 되는 걸까?

스물넷의 나는 흔히들 말하는 청춘이었습니다. 그리고 아직도 여전히 나는 청춘이에요. 청춘의 기한을 누가 정해놓은 것도 아니잖아요.

어릴 적 나는 스물아홉쯤이 되면 모든 것을 완벽하게 척척해내는 어른이 되어있을 거라 믿었습니다. 그런데 지금 와서 어린 나를 돌아볼 때면 그런 기대를 하고 있던 내가 웃기기도 하고, 귀엽기도 합니다.

직업을 가지고 살아오면서 제법 손에 익은 일들은 어느 정도 '꽤' 해내는 수준은 되었지만, 글쎄요? 세상엔 아직도 내가 새로이 경험할 수 있는 일들이 많고, 경험해야만 하는 일들도 있어요. 그리고 난 그것들에 서툴어요.

낭연한 기 아닌기요! 저 순이겠아요.

나는 이 삶이 처음이고, 스물아홉이어도 그냥 청춘이란 것을 할래요. 내가 이런 얘길 하면 50년을 넘게 산 우리 엄마는 풋-하고 웃어버리겠지요? 그럼 풋-하고 웃는 우리 엄마 옆에서 여든이 훌쩍 넘어버린 우리 할머니는 '둘 다 청춘이다.' 하겠지요. 청춘'이었던' 내가 썼던 것들을, '아직' 청춘인 지금의 내가 돌아보며 다시 글을 씁

니다.

당신은 아직 청춘에 살고 있나요?

2023년

스물아홉 위수가.

2.

나의 어머니는 니트디자이너였다.

그래서 어떠한 색의 이름을 말할 때, 항상 색상의 정확한 명칭을 얘기해 주었다. 나는 파란색을 좋아했고, 내가 고르는 대부분의 파랑의 정확한 명칭은 'Cobalt Blue'였다.

파랑,

그저 아무 이유 없이 좋아하게 된 것이 내 삶의 크고 작은 부분들에 영향을 끼쳤다. 시도 때도 없이 하늘을 올려다보는 것, 여행지를 선택할 때 바다가 있는 곳을 최우선으로 두는 습관이 생긴 것, 옷을 고를 때 파란색에 가장 먼저 눈길이 가게 되는 것도, 그저 아무 이유 없이 우연히 좋아하게 된 파란색 때문이다.

이 책을 아무 이유없이,

우연히 읽게 된다면 당신이 사랑하는 것들을 더 사랑할

수 있게 되는 데에 조그만 보탬이 되기를,

작지만 거창한 바람을 가져본다.

2018년의 스물넷 위수가.

:

햇빛처럼 빼어난

햇빛처럼 빼어난 사람이 될 수 있을까

파란 하늘과 바다를 좋아한다고 해서

내 마음이 밝아질 수 있을까

내 마음이 밝아질 수 있을까

그럴 수 있다고 날애줘

많이 울었던 날들 있으니

이제 행복할 일들만

있을 거라 말해줘

잘하고 있다 말해줘

잘해왔다고 말해줘

나를 믿어줘

나를 믿어줘

햇빛처럼 빼어난 사람이 될 수 있을까

애써 웃어 보인 미소로 나를 감추면

내 마음이 밝아질 수 있을까

나도 모르게 지어진

나의 이름으로 노래할 때

누군가에게 불리워지는 내 이름처럼

넌 햇빛처럼 모든 걸

따스히 안아줄 수 있는

눈이 부실만큼 예쁘게

빛을 내는 아이라며

나를 안아줘

나를 안아줘

그럴 수 있다고 말해줘
많이 울었던 날들 있으니
이제 행복할 일들만
있을 거라 말해줘

햇빛처럼 빼어난
햇빛처럼 빼어난

;

햇빛처럼 빼어난 스물넷

'위수', 태어나자마자 받은 선물은 이름이다.
누군가에게 이름으로 불리고, 기억될 수 있다는 것.
내가 계속해서 살아갈 수 있도록 하는 많지 않은 이유
들 중 하나다.

어린 날에 난 내 이름 뜻을 궁금해했고, 뜻을 알게 된
후에는 '내가 내 이름 뜻처럼 살아갈 수 있을까'라는 생
각을 하게 됐다. 그럴 수 있을까?

'햇빛 위 빼어날 수', 햇빛처럼 빼어난 아이가 되길.

;

햇빛처럼 빼어난 스물아홉

이소라의 〈Track9〉이라는 곡의 도입부에는 이런 가사가 있다.

'나는 알지도 못한 채 태어나 날 만났고
내가 짓지도 않은 이 이름으로 불렸네'

어릴 적 난 그 노래의 가사를 들으며 매일 나의 이름 뜻을 곱씹었다. 그럴 때마다 내가 짓지도 않은 이름으로 불편하고 싫은 일들만 기억했지.

햇빛 위, 빼어날 수.

내가 태어나자마자 받은 선물, 나의 이름.

나는 내 이름이 싫었다.

한 번에 잘 알아들을 수도 없을뿐더러, 이름 뜻을 제대로 알게 되었을 때는 너무 거창하다고 생각했다.

그러다 나이가 먹고 내 이름을 걸고 하는 일들에 감사한 순간들이 하나둘씩 쌓여갈 때쯤, 누군가에게 이름을 불리고, 기억될수록 내가 살아가는 이유가 되어갔다.

내게 이름을 지어준 사람은 내가 햇빛처럼 빼어난 아이가 되는 삶을 빌며 이름을 지어줬으려나.

그런 생각이 들 때면 코끝이 찡해진다.

배 속에 있는 곧 태어날 생명에게 주는 귀한 첫 선물.
내 이름 뜻처럼 보란 듯이 살아갈 수 있게 켜켜이 쌓아온 기억 속에 선명히 남아준 나의 사람들.

그래서 누군가 내 이름을 부를 때 가끔 축복받는 느낌
이 든다.

위수야.
위수야!

넌 햇빛처럼 빼어난 아이.

:

있잖아

있잖아

너를 내 눈으로 몇 번이나 담고 붙잡았어

그 셀 수 없는 몇 번쯤에

나는 제풀에 꺾여나가 뛰쳐 울며

도망가버렸나 도망가버렸나

셀 수 없이 많은 밤 속 혼자였었던

나는 그 누구도 알 수 없는 외톨이였나

나도 알 수 없는 나를 누가 알아줄까

나는 그 누구나 알 수 있는 외톨일 거야

있잖아

너를 내 눈으로 몇 번이나 담고 붙잡았어

그 셀 수 없는 몇 번쯤에

나는 제풀에 꺾여나가 뛰쳐 울며

사랑하고 있다고 아무리 외쳐도 늘 공허했어

사랑한다고 널 사랑한다고

사랑한다고 널 사랑한다고

가을 같던 너의 손을 옮겨 잡았을 때

나는 그 누구도 알 수 없게 숨을 참곤 했어

나도 알 수 없는 나는 누가 쉽이 쉽게

그땐 니가 나의 모든 걸 알 것만 같았어

셀 수 없이 많은 밤 속 혼자였었던

나는 그 누구도 알 수 없는 외톨이였나

나도 알 수 없는 나를 누가 알아줄까

나는 그 누구나 알 수 있는 외톨일 거야

;

있잖아 스물넷

어쩔 수 없이 등본을 뗄 때마다 살아있던 자가 죽었는
지, 내 기억 속에서 죽은 자가 살아있는지 확인했다.

그 시절 나는 떼어놓은 등본으로 이내 당신의 생사 여
부를 확인하고선 그 사실을 담고 있는 종잇장 하나를 책
상 위에 올려둔다.

몇 날 며칠을 그 종잇장 앞에서 제사라도 지내듯 술을
꺼내어 마시고선 없어져 버렸으면 싶은 밤의 기억을 날
려보냈다.

그 종이 하나를 버리지도 못하고 두다가
마음이 견디지 못해 부서져버릴 것 같을 때쯤

갈기갈기 찢어버리지도 못하고 고이 접어 겨우내 버리
곤 했다.

사랑이라 느낀 기억이라도 없으면 좋았을걸.

사랑을 수없이 말해도 나는 이렇게 마음 한구석에서 구
멍이 난 채로 살아갈 거야.

잊을 만하면 제사를 지내는 마음으로 살아갈 거야.

사랑을 하고 있어도 어딘가 외로울 거야.

나도 나를 모르겠는데 누가 날 알아줄 거야.

~~얼마나 더 빡빡 비틀어도 닳아질 거니~~

누가 내린 저주인지 너무한 거지.

나인가. 떨쳐내지 못하는 내가, 내가 내린 저주를 끌어
안고 사는 건가.

외로워요. 외로워요.

마음에 구멍이 메꾸어지질 않아요.

그래서 사랑을 말해도 외로워요.

나는 쓰레기통 안에 있는 종잇장을 보며 주절거렸다.

;

있잖아 스물아홉

네가 죽어도 나는 죽지 않으리라 우리의 옛 맹세를 저
버리지만 그때는 진실했으니, 쓰면 뱉고 달면 삼키는
거지 꽃이 피는 날엔 목련꽃 담 밑에서 서성이고, 꽃이
질 땐 붉은 꽃나무 우거진 그늘로 옮겨가지 거기에서
나는 너의 애절을 통한할 뿐 나는 새로운 사랑의 가지
에서 잠시 머물 뿐이니 이 진심에 내게서 나는 비밀 지
없으니 마음이 일어나고 사라지는 걸, 배고파서 먹었으
니 어쩔 수 없었으니, 남아일언이라도 나는 말과 행동
이 다르니 단지, 변치 말자던 약속에는 절절했으니 나
는 새로운 욕망에 사로잡힌 거지 운명이라고 해도 잡놈
이라고 해도 나는, 지금, 순간 속에 있네 그대의 장구한
약속도 벌써 나는 잊었다네 그러나 모든 꽃들이 시든다
고 해도 모든 진리가 인생의 덧없음을 속삭인다 해도

나는 말하고 싶네, 사랑한다고 사랑한다고··· 속절없이,
어쩔할 수 없이.

_「낙화유수(落花流水)」함성호

나는 누군가 이 곡에 대한 이야기를 물어보면 늘 입을
뗄 수 없었다.
이 곡을 떠올릴 때마다 함성호 시인의 낙화유수를 읽었
다. 그리고 여전히 그렇다.

촌스러운 사람

요즘 사람처럼 새침하지 못해

내 맘을 내 등 뒤로 숨기질 못해

난 촌스럽게 내 맘을 다 보여주고선

내 맘 다 알지 못해 떠날까 봐 불안해해

새하얀 것에 내 발자국을 내

내 것이 되는 게 아니란 걸 알아

서롤 알고 싶어 하지 않는 세상에서

난 알고 싶어 우린 완벽하지 않으니까

아 난 촌스러운 사람인가 봐

아 난 촌스러운 사람인가 봐

가끔 너무 행복할 때면 두려워해

이런 날들 뒤에 뭔가 있을까 봐

날 행복하게 하는 것들은 언젠가

날 울릴 거라는 걸 알기 때문인 걸까

난 세상에 조그만 부분들이 너무 잘 보여

이를테면 풀밭에 벌레들과

하늘 위 떠 있는 희미한 별들

강물에 반짝이는 잔물결

누군가도 우주의 먼지 같은 날 알아봐 주었으면

하는 것 같기도 해

그게 뭐 어때서

그게 뭐 어때서

아 난 촌스러운 사람인가 봐

;

촌스러운 사람 스물넷

엄마는 나에게 가끔 '내가 널 요즘 애들처럼 안 키웠어'
라고 한다. 그 말은 보통 내가 조금 물러터진 행동을 했
거나, 타인에게 상처 입었을 때 듣는 말이었다. 난 내 맘
하나 내 등 뒤로 숨기지도 못하고, 서롤 알고 싶어 하지
않는 세상에 살면서 세상의 조그만 부분들이 너무 잘
보이는 촌스러운 사람인가 보다.

;

촌스러운 사람 스물아홉

난 어릴 적 엄마가 말했던 '요즘 애들' 같은 새침한 면이 없었다. 그리고 그런 게 촌스럽다고 느껴졌다.

미안하지만 난 그런 걸 배운 적이 없어. 세상을 사랑해야만 살아내 볼 수 있었거든. 내가 세상을 미워하는 순간 모든 것이 끝날 것이라 생각했다. 계산하지 않고, 증오하지 않으려고 노력하고, 내가 나쁜 생각을 하고 있지 않다는 걸 온 힘으로 보여주며 살았다.

내 마음을 다 보여주고선 내 마음을 다 알지 못해 또 떠날까 봐 불안해했다. 서롤 알고 싶어 하지 않는 세상이지만 완벽하지 않은 우리가 부딪쳐 사는 게 세상이니 알고 싶었다.

가끔 너무 행복할 때면 분명 이날 뒤에 나를 울릴 커다란 불행이 올 거란 걸 믿는 어리석고 안쓰러운 마음을 늘 껴안고 살기도 했다.

그러면서도 자세히 들여다보지 않으면 알 수 없는 하늘 위 희미한 별들, 강물의 반짝이는 잔물결, 하늘에 떠있는 구름의 모양. 그런 찰나의 아름다움과 세상의 조그마한 부분들이 너무 잘 보여 멍하니 바라볼 때마다 우주의 먼지 같은 나도 누군가 이렇게 자세히 들여다봐주길 바랐다.

그렇게 이런 촌스러운 마음을 늘 가득 안고 살았다.
근데 좀 촌스러우면 뭐 어때.
요즘은 나의 그런 촌스러움이 좋다.
변하는 것들로 가득한 세상에서 변하지 않는 유일한 것이 되고 싶다.

:

누군가의 빛나던

힘들어요, 솔직히 말하면

내가 뭐하고 있는지도 잘 모르겠어요

걷다 멈춰 서서 하늘을 바라볼

여유도 없었던 것 같은데

반짝반짝 작은 별, 어디 어디 떴나요

저 별들은 그저 자기의 할 일을 할 뿐이죠

나도 누군가에게 빛나는 사람이고

또 그렇다고 믿었죠

반짝반짝

반짝반짝

반짝반짝

반짝반짝

저 별들을 봐요

아 아 난 누구였나

불 꺼진 도로에 찬 바람 같은 걸까

아 아 난 뭐였을까

누군가의 빛나던 희망이었을까

힘들어요 솔직히 말하면

내가 뭘 하고 있는지도 잘 모르겠어요

걷다 멈춰 서서 하늘을 바라볼

여유도 없었던 것 같은데

:
;

누군가의 빛나던 스물넷

힘들던 시기에 우연히 밤하늘을 올려다본 후 쓰게 된
곡이다. 여유 없던 내가, 걷다 멈춰 서서 잠시 하늘을 올
려다보는 순간만큼은 누군가의 '빛나는' 나라는 것을
꼭 기억할 수 있길.

;

누군가의 빛나던 스물아홉

대학교에 입학하면 나는 내가 대단한 사람이 되는 건
순식간이라고 생각했다. 왜냐면 고등학교 때 나의 가장
커다란 목표는 '대학교에 입학하기'였기 때문이었겠지.
대학교에 들어가기 위한 노력이 끝나면, 그다음의 목표
를 세우고, 그 목표를 위한 노력을 또다시 해야 한다는
것을 10대의 나는 생각∙.∙지 아시 ᄡᆞᆻ∙ᄊᆞ, ᆢ ᄀᆞ 겁이 거
도는 내가 이전에 겪은 것보다 훨씬 더 커질 것이란 것
도 몰랐을 테고, 난 인생의 세세한 계획을 세울 만큼 계
획적인 사람도 아닌 데다가, 하루빨리 20대가 되고 싶
어 했으니까.
대학교에 입학하고 좋은 순간도 많았지만, 힘들고 벅찬
일들도 연달아 다가왔다. 나와 같은 것을 좋아하고, 심
지어 잘하기까지 하는 사람들 사이에 둘러싸여서 경쟁

하는 일, 지금 생각해보면 놓아버렸어도 되는 인간관계의 끈을 놓지도 못하고 힘들어하면서 울어댔던 일, 20년 만에 가족이 사는 집에서 떨어져 나와 혼자 살게 되면서 외로움이 커질 때마다 베란다의 세탁기를 돌려놓고 한참을 주저앉았던 일.

난 뭐가 되고 싶었던 거지.
난 누구지? 난 누군가에게 어떤 존재였지.
나는 매일 뭐가 이렇게 힘들고 괴롭지.

그날 밤, 나는 연달아 다가오는 힘든 일들을 뒤로하고 도망치듯 집을 나섰다. 목적지는 따로 없었지만 학교의 대운동장으로 향하던 길이었다, 농구장쯤이었나?
우울함에 절여져 땅만 보고 있다가 무심코 하늘을 올려다보았다.

"우와…"

어두컴컴한 밤하늘에 수많은 별들이 떠있었다. 몰랐다. 이 학교를 2년째 다녔음에도 제대로 하늘을 올려다본 적이 없었으니까. 나는 그렇게 넋을 놓고 하늘을 바라보았다. 너무 아름다워서 눈물이 났다. 황홀했다. 그렇게 많은 밤하늘의 별들은 처음 봤다. 내가 땅만 보며 걷다가 놓친 밤하늘 중에 이런 밤하늘이 얼마나 될까? 이내 아쉬웠다. 이런 밤하늘을 지친 하루 끝에서 한 번이라도 봤다면 난 조금 더 나은 상태로 잠들 수 있었을까?

개가웃 했다.

그 후로 나는 시도 때도 없이 하늘을

아무 생각 없이 걷다가도,

누군가와 전화를 하다가도,

휴대폰으로 아무 의미 없는 것들을 보다가도,

그렇게 한 번씩 하늘을 올려다봤다.

내가 자취방에서 외로움과 괴로움을 뒤로하고 뛰쳐나왔던 그날, 밤하늘에서 본 별들을 그대로 두고 와서인지, 올려다보는 것만으로 위안이 됐다.

나는 여전히 걷다가 하늘을 올려다본다.

:

익숙해진 모든 것

처음의 마음과

다르게 식어버린 많은 것들

방 한 켠에 버려져 있는

오래된 물건들처럼

내 키 ♀ 속에 흩어져 있어

아직 어리기만 한 생각과

허우적거리는 나의 작은 몸짓

떠난 뒤엔 늘 후회하고 놓쳐버렸을 때

긴 숨을 내뱉고 하늘만 바라봐

난 두려워 멀어질 많은 것들

눈을 감고 떠올렸던

내 생각의 꽃이 지네

내 생각의 꽃이 지네

난 두려워 꿈꾸던 많은 것들이

한 걸음씩 멀어져 갈 때

난 눈을 감고 노래해

노래해

;

익숙해진 모든 것 스물넷

우리는 누구나 익숙함에 소중한 것에서 멀어지거나 소
중한 것을 잃어버린다. 혹은 잃어버릴 뻔하거나.

나는 익숙해지는 것이 두렵다. 익숙해져서 내게서 멀어
질 것들이 두렵다. 소중한 것들과 소중한 것을 갖기 전
의 간절했던 마음들도 한꺼번에 사라지는 것 같아서.

처음의 마음과 달리 소중했던 것들이 방 한편에 버려진
오래된 물건들처럼 되어 버릴 때가 있다. 나의 소중한
것들이 무섭도록 점점 내게 익숙해져서 내가 모르는 새
에 멀리 도망갈까 하는 두려움까지.

;

익숙해진 모든 것 스물아홉

열네 살에 처음 너를 좋아했다

한눈에 반했다

오랫동안 좋아할 거라 자신했다

한 번도 흔들리지 않을 자신이 있었다

너는 너무나 반짝이니까

내 평생을 너와 함께라면 행복할 거라 생각했으니까

나는 그런 너를 손에 꼭 쥐고서 절대 놓지 않고 싶었다

그렇게 나는 어렵사리 한 손엔 너를 잡았고,

한 손엔 세상을 잡았다

세상은 나를 절대 놓지 않았기에

시간이 갈수록 세상과 맞잡고 있는 손이 너무 거세게

흔들려서 내 몸이 흔들릴 지경이었다

그래서 너를 잡고 있는 손에 가끔 힘이 빠졌다

그래, 그런 날들이 내게 한 번씩 찾아왔지만

나는 절대 너의 손을 놓을 수가 없었어

내 몸이 거세게 흔들릴수록 너를 절대 놓을 수 없다고

생각했다

그리고 아직도 너를 좋아하는 마음 변치 않았어

익숙해지지 않았어 절대로

:

빛나

너는 나의 모든 말들을
사려 깊게 귀담아주네

빛나 너의 눈동자가
보랏빛의 새벽에
끝이 보이지 않는 호수처럼

빛나 나를 가득 안고서
날 바라보는 너의 눈동자가

넌 나에게 소중하다며
날 울리던 날을 잊지 말아줘

제2장 _ Cobalt Blue

너의 전부가 담긴 말로

날 울렸던 날을 잊지 말아줘

넌 어두운 곳에 나있는

창처럼 내게 빛을 줘

고요한 한 폭의 그림 같이

넌 그렇게 내게 빛을 줘

넌 어두운 곳에 나있는

창처럼 내게 빛을 줘

고요한 한 폭의 그림 같이

넌 그렇게 내게 빛을 줘

넌 어두운

창처럼

고요한

넌 그렇게

빛나 너의 눈동자가

보랏빛의 새벽에

끝이 보이지 않는 호수처럼

빛나 나를 가득 안고서

날 바라보는 너의 눈동자가

;

빛나

학교를 휴학하고 마포구에 들를 일이 많았다. 그럴 때
마다 꼭 들르는 곳이 있었는데 합정과 상수 사이에 있
는 어느 한 카페였다.

사람들을 그곳에서 만나기도 하고, 혼자서 책을 읽기도
하고, 이어폰으로 ̶심̶심̶을̶ ̶̶̶ ̶̶ ̶̶̶̶̶ ̶̶ ̶구̶경̶하̶기̶도̶
했다.

그 카페는 폐건물이나 차고를 개조하여 만든 카페였는
데, 빛이 가득 들어올만한 큰 창이 없어서 늘 어두컴컴
했다. 무언가를 집중하기에는 최고였다. 여느 때와 같
이, 혼자서 읽을 책을 들고 테이블에 자리를 잡고 있었다.
잠시 눈을 쉬려고 책을 덮어두고 시야를 풀어두었다.

조그맣게 난 하나의 창에서 빛이 쏟아지고 있었다. 난 어둠이 가득한 카페에서 창을 바라보았다.

저 조그만 창의 쓸모는 어둠이 가득한 이곳에서 빛을 발하는 거겠지. 창으로 보이는 풍경이 꼭 그림 같았다.

빛이라는 건 어둠과 같이 존재한다는 걸 그날 새삼 느꼈다.

:

흐르는 시간 속에 우리는 아름다워

저 빌딩 숲은 화려하게 빛이 나고

저 하늘 위 별들은 소소하게 빛나는데

넌 어떤 사람이고 싶어 내게만 말해봐

들어줄 준비가 돼 있어

이리 와 서로의 틈에 있거

아름다와 흐르는 시간 속에

우리는 아름다와

그림자 같은 내 일상에

팔을 베고 누우면

내 손목시계의 시계침이

걸어가는 소리 뿐

즐거운 고독이 뭔지

아직 잘 모르겠어

그저 너와 마주 앉아

웃고 싶어

이리 와 서로의 품에 안겨

아름다와 흐르는 시간 속에

우리는 아름다와

꿈을 꾸고 싶은 밤

머릿속이 아닌

머리맡에 맴도는

꿈을 꾸고 싶은 밤

;

흐르는 시간 속에 우리는 아름다워

고요한 집 소파에 누워 선물 받은 책을 읽다가 덮어버렸다. 말없이 덮어둔 책을 바라본다.

'유쾌한 고독'

손목시계를 잔 필실 배게 산사 ᄂ 써 치 ᄼᅡ노 ᄉ시겠다
시계 초침 소리가 무겁게 귓가에 울린다.
고독이 유쾌할 수 있나. 그런 시답잖은 생각을 한다.

그렇게 소파에 누운 채로 시간을 흘러 보낸다.

집 옥상에 올라가서 밤공기를 맘껏 마신다.

하늘을 올려다본다.

내 오른편엔 화려한 빌딩 숲이 번쩍번쩍 빛나고 있고

내 왼편엔 텅 빈 땅 위 별들이 소소하게 빛나고 있다.

둘이 너무 다른데 둘 다 예쁘네.

양쪽에 다른 밤이 있는 게 이상하기도 하고.

둘 중에 하나의 빛을 선택할 수 있다면

난 어떻게 빛나고 싶은 걸까?

쓸데없는 생각을 해본다.

이날도 시간은 계속 흘렀고 아무 의미 없이 보냈다고
생각했는데, 돌아보니 아름다웠다고 느껴진다. 숨이 막
혀 옥상에 올라가본 일이 처음도 아니었는데 그날은 꼭
꿈을 꾼 것만 같았다.

제 3 장

——

편지

열

언젠가 너는
열이 끓는 나를 가득 안은 채
내 등을 한참
토닥이며 내게 말했지

나 여기에 있어

그러니 그 무엇도 걱정하지 마
그렇게 너는 나의 열을
가져간 것 같아

내 세상에서
너를 조금 더 일찍 알았더라면
이제껏 가득 채운

눈물로 일렁이는 나의 마음이

잠잠했을 거야

너에게 뜨겁게 스며든 채로

시간이 흘러

이젠 너와 나 사이엔

서롤 기다리는

시간들로 가득 넘실대

나 여기에 있어

그러니 그 무엇도 걱정하지 마

모든 것들 다

널 위해 그대로 있어

내 세상에서

너를 조금 더 일찍 알았더라면

이제껏 가득 채운

눈물로 일렁이던 나의 밤들이

잠잠했을 거야

너에게 뜨겁게 스며든 채로

나 있잖아

널 처음 마주한 그 봄으로

다시 돌아간대도

난 아마 너의 손을 잡을 거야

;
열

이 곡에서의 '열'은 나의 고민과 걱정, 숨기고 싶은 열등
감, 슬픔이나 아픔, 남들에게 보이고 싶지 않지만 매일
밤 앓고서 겨우 잠에 드는 것들이다.

삶을 살아가다 보니 오래된 인연이라고 해서 꼭 좋은
인연이라거나, 혹은 짧은 인연이라고 해서 깊어질 수
없는 인연이라는 편견을 버리게 됐다. 내 세상에서 조
금 더 일찍 만났더라면 내가 덜 상처받으며 지냈을 것
같은 인연들이 있다. 늘 내 편이 되어주고 나의 울음과
기쁨을 함께해 주는 인연들.

나의 열을 함께 끌어안아주는 나의 사랑하는 가족, 연
인, 친구들에게 나도 당신과 같은 마음이라고, 언제든
당신의 열을 껴안고 내게로 가져오고 싶다고 말해주고
싶다.

:

어른이 처음이야

세상엔 상처가 가득한 마음을 들고선

아무렇지 않은 척

걸어 다니는 사람들로 가득해

우린 그런 서로와

웃고 떠들다 울고 화내고

서로 밀쳐내다 두 팔로 껴안아

나는 어른이 처음이야

이런 마음 익숙하지 않은 걸

나는 어른이 처음이야

이런 마음 나는 모르고 싶어

난 어른이 처음이야

난 어른이 처음이야

내가 전혀 볼 수 없는

나의 마음 어딘가에

구멍이 뚫려 줄줄

새어나가는 느낌이 들어

잡히지 않는 무언가를 계속 쫓으면서

뭐가 정답인지 잘 모르니까

난 여기 멈춰있고

세상은 늘 먼발치에

나는 아직도 나를 잘

사랑할 줄 모르고

보이지 않는 것들을

가득 움켜쥔 채로

이렇게 무뎌지는 게

어른이 되는 걸까

나는 어른이 처음이야

이런 마음 익숙하지 않은 걸

나는 어른이 처음이야

이런 마음 나는 모르고 싶어

난 어른이 처음이야

난 어른이 처음이야

;

어른이 처음이야

'마음의 크기'라는 것이 존재한다면 내가 가진 '마음의 크기'가 세상을 살아가다 이리저리 부딪치면서 점점 좁아지는 느낌이 들었다.

원래의 나였다면 아무렇지 않게 넘겼을 일들도, 금방 포용할 수 있는 일들도 이리저리 부딪쳐 좁아진 마음으로는 그럴 수 없게 됐다. 이런 일들이 반복되면서 내 마음이 점점 무뎌지는 것 같았다. 작은 일에도 기뻐하고 사소한 것에 행복을 느끼는 날보다 작은 일에 쉽게 짜증이 나고 사소한 것에도 화가 나는 날들이 더 많아지기도 했다. 내가 살고 있는 세상에 별 감흥이 없는 날들도 있었다.

이 이야기는 그다지 애틋하지도, 애석하지도 않다. 왜냐하면 특정 누군가만이 겪는 일이 아닌, 나를 포함한 모든 세상 사람들이 '어른'이 되는 과정을 겪을 것이고, 겪고 있고, 겪었을 것이기 때문이다. 그래서 더더욱 담담하게 노래하고 싶었다.

누구나 '어른'이 되는 것이기에.

:

편지

요즘은 사람들이

나를 모두 떠난대도

상관없을 거란 생각이 들었어

근데 다른 사람 아닌 네가

날 떠난다고 하면

그건 너무 힘이 들 것 같아

너의 우는 목소릴 달래고

전화를 끊고선

나 혼자 말없이 한참을

울었던 적이 있어

그렇게 늘 담담하던 네가

얼마나 힘들었길래 하고 말야

오랜 시간을 함께 해오면서

무슨 일 있어도

나는 널 떠나지 않겠다고 다짐했었지

아직도 그 마음 변치 않았어

그리고 앞으로도 그럴 거야

기쁜 일이 있다던 너의

전화를 받고선

나 혼자 말없이 한참을

행복해하곤 했어

그렇게 날 웃게 하던 네게

행복이 늘 함께 하길 바랬으니까

오랜 시간을 함께 해오면서

무슨 일 있어도

나는 널 떠나지 않겠다고 다짐했었지

아직도 그 마음 변치 않았어

그리고 앞으로도 그럴 거야

요즘은 사람들이

나를 모두 떠난대도

상관없을 거란 생각이 들었어

근데 다른 사람 아닌 네가

날 떠난다고 하면

그건 너무 힘들 것 같아

;

편지

어느 날 친구에게 전화를 받았다.

매사에 덤덤한 성격이던 그 친구는 무슨 일인지 울면서

나에게 이런 말을 했다.

"요즘은 사람들이 나를 떠나도 상관없을 것 같다는 생

각이 들었다? 근데, 다른 사람 아닌 네가 날 떠난다고

하면 그건 너무 힘들 거 같아"

전화를 끊은 후, 나는 한참을 울었다.

그 친구를 달래느라 하지 못했던 말을 한참 생각했다.

그리곤 이 노래를 편지처럼 썼다.

나는 삶을 살아갈 때에 '내가' 사랑하는 것,

혹은 '나를' 사랑해 주는 것 그중 단 하나만 있어도

삶을 계속 살아가볼 수 있다는 생각을 한다.

이 곡을 쓸 수 있게 한 나의 오랜 친구,

그리고 이 곡을 완성하며 떠올랐던 나의 소중한 모든

이들에게 이 노래를 바친다.

이런 나의 곁에 있어주어서, 계속 살아갈 수 있게 해주

어서 고마워.

:

안녕, 여기는

안녕 여기는 네가 돌아오고
싶어 했던 곳이야
안녕 여기에 모두 함께 앉아
그간 못했던 얘길 나누자

너의 마음이 그동안 어땠는지
잘 지내다가도 늘 궁금했어
너를 걸치고 있는 것들을 벗어던지고
내 손을 잡아

언젠가 우리 만난 적이 있어
언젠가 우리 눈을 마주하고
서로에게 따뜻한 인사를 건넨 적 있어

한 번쯤은 그랬어

안녕 여기는 내가 돌아오고
싶어 했던 곳이야
안녕 여기에 모두 함께 앉아
그간 못했던 얘길 나누자

나의 맘은 그동안 어땠냐면
잘 지내다가도 늘 무너졌어
너를 걸치고 있는 것들을 벗어던지고
내 손을 잡아

언젠가 우리 만난 적이 있어
언젠가 우리 눈을 마주하고
서로에게 따뜻한 인사를 건넨 적 있어
한 번쯤은 그랬어

몇 마디 말보다 그저 나는
너를 하염없이 끌어안고서
저 깊은 곳으로 함께 가라앉아줄 거야
괜찮아 겁내지 마

눈을 감으면 너를 안은 채로
한없이 깊고 깊은 그곳으로
함께 가줄게 안아줄게
가득 안아줄게
괜찮아 겁내지 마

;
안녕, 여기는

늘 돌아가고 싶은 곳이 있었다.

어딘가에 있어도 늘 돌아가야 할 것만 같은 날이 있었다.
내가 있는 곳이 돌아가야 할 곳이 아니라는 게 슬프면
서도 돌아가야 할 곳이 있다는 게 안심이 되었다.

길거리엔 무미건조한 표정으로 지나가는 사람들.
내가 매일 같이 같은 시각에 앉아 바라보는 반복되는
지루한 일상들.
술에 취해 침대에 누워 냉장고 돌아가는 소리를 들으며
생각했다.

돌아가고 싶어 그곳으로.

내가 그곳에 돌아가면 꼭 말해주고 싶어.

'안녕, 여기는 너와 내가 돌아오고 싶어 했던 곳이야.'

에필로그

    정규 2집과 책이 함께 나오게 하는 것이 목표였다. 정규 2집에 12곡을 꽉꽉 채워 내는 것이 계획이었다. 21년도 8월의 EP 앨범 〈지나간 여름을 안타까워마〉 발매 이후로 쉬면서 가사와 데모곡들이 꽤 쌓여있었다. 나의 가사는 곧 내 감정상태와 비슷하다. 그래서 쌓인 작업물들은 곧 '나의 지난 감정들'이 되었는데 내가 한참 지나온 감정들을 마주하니 현재의 나는 그 지나온 감정들을 굳이 다시 꺼내고 싶지 않았다.

    나는 곡을 작업하면서 늘 생활패턴과 건강이 망가지는 타입인데 그 이유가 내가 지금 느낀 감정들을 바로 전달해야 했기 때문이었다. 앨범을 발매하면 발매할수록 더 심해졌다. 그래서 다른 동료 뮤지션들이 습작들을 쌓아놓는다고 할 때 나는 거의 쌓아놓은 것이 없었다. 세상에 처음 노래를 냈을 때 알았다. 나는 마음먹었을 때 바로 해야 한다는 걸. 그래도 그 성격 덕분에 내가 지나온 감정들을 생생히 담아놓은 음악들이 있다.

서론이 길었지만 앞 문단의 이야기로 돌아가서, 결국 나는 이번 정규 2집의 모든 수록곡을 거의 다 새로 썼다. 글을 쓰기 위해 노래 작업을 타이트하게 해야 했는데 덕분에 더 타이트해진 셈이었다. 앉은 자리에서 바로 다 끝내야 하는 성격 때문에 밤도 많이 새고, 사랑에 관련된 앨범이라 진부한 사랑 얘기처럼 들리게 하고 싶지 않아서 애를 썼다. 판단은 듣는 분들의 몫이니 어떻게 닿을지는 모르겠지만 정말 좋아하는 곡들만 담아서 곡작업 끝났을 때 너무 행복했다.

글을 쓴 건 이번 정규 곡들뿐만이 아닌지라 내가 지난날 발매했던 곡들까지 글을 쓰며 나를 되돌아봤다.

음악을 작업하며 글을 쓰는 일은 내게 일상다반사였다. 글에서 가사가 되기도 하고, 가사가 글이 되기도 했다. 사실 어지러운 내 마음을 글로 다 표현하기에는 너무나 많은 것이 함축되어 아쉽다. 또 글을 가사로 함축하는 것은 더욱이 아쉬운 일이고.

어릴 적 내가 제일 못하는 것이, 독후감 쓰기였다. 나는 말을 함축하는 것을 잘 못한다. 이 이야기를 하려면 듣는 이가 꼭 이 사실도 알아야 하고, 이 이야기가 펼쳐진 장면을 그릴 수 있었으면 좋겠고, 이 사람이 왜 나에게 이런 얘기를 하게 되었는지에 대한 배경도 얘기해 주어야 하는… 그런 복잡함 때문이었다.

가족에게 말할 수 없는 슬픔이 찾아왔다.
그러면서 어느 순간부터 아예 말을 하는 행위를 아끼게 되었다. 내 슬픔을 표현할 수 없다 못해 바닥 저 끝까지 메말라갔다. 감정이란 것을 회피하다 못해 사라졌다. 내 슬픔과 감정을 어디서부터 어떻게 설명해야 할지 몰랐고, 싫었다. 내 감정을 하나하나 훑어가며 얘기하는 것이 힘들고 괴로웠다. 감정으로 만들어내는 모든 것, 음악, 드라마, 영화는 물론 친구와의 가벼운 이야기조차 피해 다녔다. 내가 이렇게 될 수가 있구나. 슬프고 슬퍼하다 슬픔에 무뎌지는 날이 올 수 있구나. 이제껏 내가 겪은 슬픔 중에 가장 깊고 감당할 수 없는 크기라 그 넘쳐흐르는 슬픔을 떠안고 어찌해야 할 바를 몰랐다.

그러다 나는 매일을 내가 지나온 사랑들을 떠올렸다.

괴롭고 슬픈 날들에도 사랑은 있었다. 괴로움과 슬픔이 가득한 세상에서 사랑마저 없었다면, 나는 살아낼수 없었다. 사랑이 모든 것을 구할 것이다. 사랑이 우릴 구할 것이다. 사랑은 위대하니까. 그래, 위대한 사랑으로 피할 수 없는 슬픔을 기꺼이 안아야지. 내 슬픔을 내가 힘껏 안아줄 수 있을 때 이야기해야지. 내가 겪은 슬

품을 사랑으로 노래해야지. 모두가 사랑을 할 수 있도록 노래해야지.

말을 줄이지 못해 노래를 불렀다. 나에게 가사는 내 마음을 힘껏 눌러 담아 줄인 말을 힘닿는 만큼 말할 수 있게 해주는 수단이다. 그렇게 마음을 가득 눌러 담은 말을 부르고 부르면서 내가 사랑으로 껴안은 감정들을 사람들에게 나눴다. 그러면 다들 울고 웃었다. 그거면 됐다고 생각한다. 거기 안에 사랑을 담았으니.

내가 만든 노래 위에, 내가 다시 글을 쓰며 나의 사랑을 다시금 담는다. 더욱이 깊어지도록. 나의 사랑이 글 속에 가득히 넘실대서 어쩔 수 없이 당신에게 닿기를 바라본다.

쿠키 페이지

〈하필이면 사랑이 왜 거기에 있었을까?〉를 끝까지 읽어주신 독자님들께 진심으로 감사드립니다.

독자 여러분들을 위해 선물을 준비했습니다.

아래 QR코드를 스캔하고 설문에 참여해 주세요. 5분이면 완료되는 간단한 설문입니다. 참여해 주신 모든 분들께 감사의 마음을 담아 위수 작가가 쓴 가사와 에세이를 한 편 더 드립니다.

여러분의 소중한 의견을 다음 책으로 만들어드립니다. 셀터컴퍼니에서 새로운 이야기 쉼터를 지어 주세요.

셀터 드림.

하필이면 사랑이 왜 거기에 있었을까?

초판 1쇄 발행	2023년 6월 10일
초판 2쇄 발행	2023년 6월 23일

지은이	김위수
펴낸이	박찬익
기획편집	박관우 권효진
디자인	정용진 VF84 심지혜
마케팅	박관우
경영지원	이주식

펴낸곳	셸터컴퍼니
등록번호	제 2020-000029호
등록일자	2014년 8월 22일
주소	경기도 하남시 조정대로 45, 미사센텀비즈 8층 F827호
전화	031-795-1335
팩스	02-928-4683
이메일	pijbook@naver.com

셸터컴퍼니 '이야기 쉼터'
누구나 살아가며 크고 작은 재난을 겪습니다. 셸터컴퍼니는 재난을 겪고 있는 여러분들에게
이야기 쉼터를 지어드립니다. 여러분들이 셸터컴퍼니에 있는 콘텐츠를 만나, 자신이 겪고 있는
재난을 잠시나마 잊을 수 있으면 좋겠습니다.

ISBN 979-11-5848-893-2